アダンの思い

佐藤 円

ポエムピース

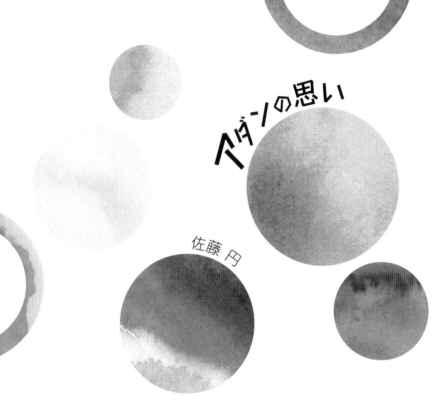

こんな症状に

①イライラしてばかりいる
②つまらない毎日だ
③投げやりになりそう
④自分が嫌いになってしまった
⑤気分転換の方法がわからない
⑥人生の意味をふと考えてしまう
⑦思いのやり場が無い
⑧うまいダジャレが思い浮かばない

アダンの思い

【あ】

アダンの木の下で
雨音を聴きながら
あくびをした

ああ　もう3時か
案外　いいもんだな

あとは帰ってお仕事
あまりにも幸せな午後

〔か〕

傘は忘れました
勝手かもしれませんが
雷が怖いんです

髪の毛が濡れてもいいんです
買おうとは思いません
簡単なコトではないんです
完全なヒトなんていないんです

【さ】

さあ行きましょう
さっさと支度して
サボタージュしましょう

さっきまでふさぎこんでた顔が
さっぱり思い出せないくらい
殺気もなくなって
寂しさも吹っ飛んで

サービスするから
さあ行きましょう

〔た〕

たった今見つけたよ
たぶん偶然だと思うけど
タイムマシーンの秘密の扉

楽しくてやめられない
たまに休憩するけど
田んぼのあぜ道を走り抜けたい気持ち

たどり着いたのは
たいそう懐かしい場所
ただいまといえる場所

〔な〕

なんてことはない
なにをしたらいいのか
悩んでる

なんともいえず
ナンさえ食べず
涙ながらに考える

何もでてこない
何もうかばない
Nothing

【は】

ははは　と笑う
はあはあ　と息がきれる
はっ　とする

埴輪のような顔してどうしたの
反対の反対は賛成よ
半分冗談だと思ってるでしょ
反省する気はないようね

はんっ　って鼻で笑うのは
恥ずかしいことだよ

【ま】

ま、いっか
まちがいじゃないし
まともじゃないけど
まのびしないし
まぁまぁイケてるし
まっすぐだし
まじめだし
まるいし
マジでヤバいし
ま、いっか

〔や〕

やーめた
やんなった
やる気が出ない
やいのやいのうるさい

やっぱり
やーめた
やっきになったって
休んだって変わらない

やんごとなき事情ということにして
やーめた
やーめた

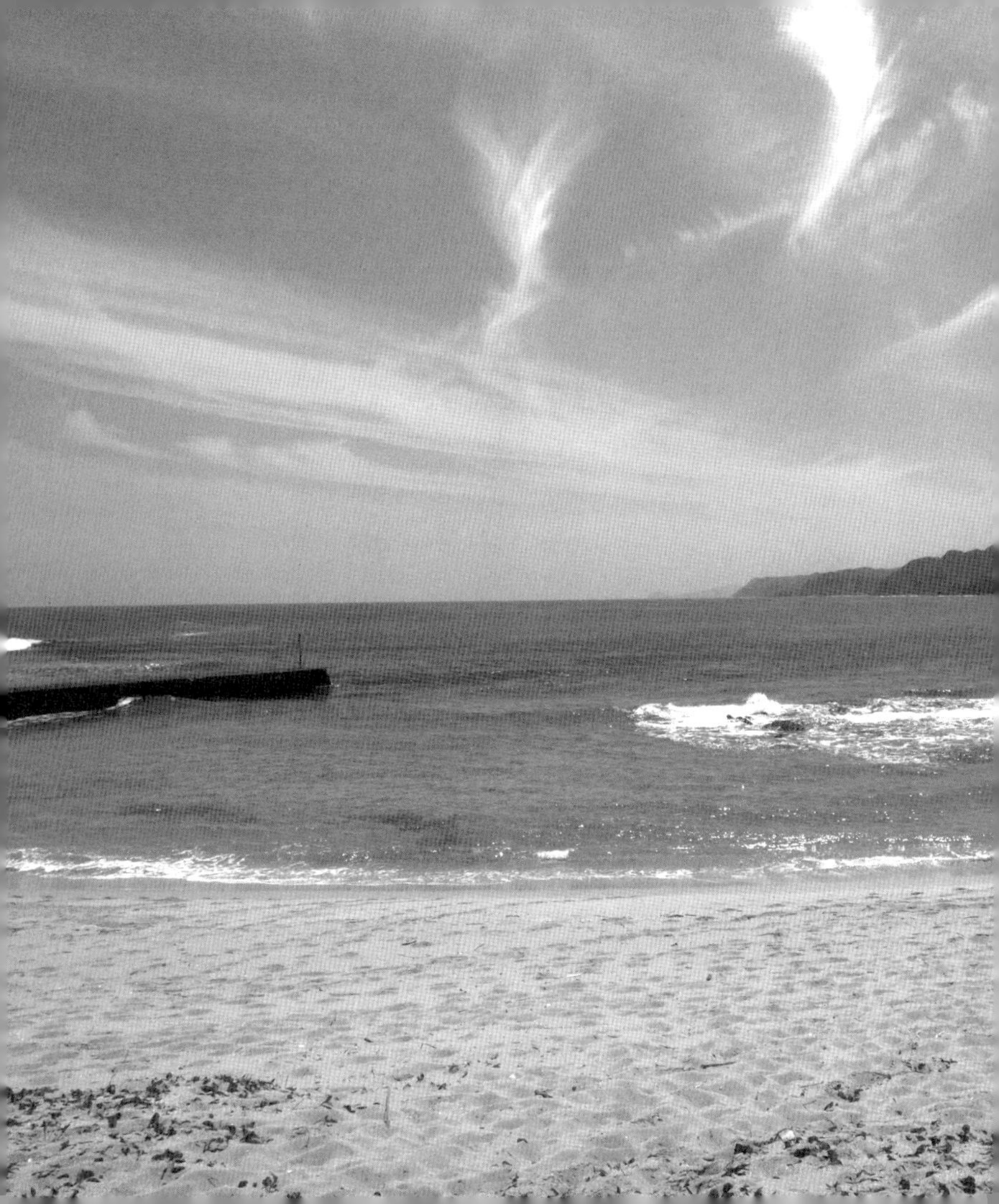

【ら】

ラッキー
ラッパを吹いちゃう
ラララって歌っちゃう
ラブリーな気分

らっきょが転がっても笑っちゃう
ライバルなんていやしない
ランダムに選んだだけ
乱調だったのにね

ラビオリ食べて乾杯！

〔わ〕

わたわたして
わらわら集まって
わいわい楽しむ

輪になって泳ごう
私とあなたが繋がる
笑いが生まれる

わっしょい
わっしょい

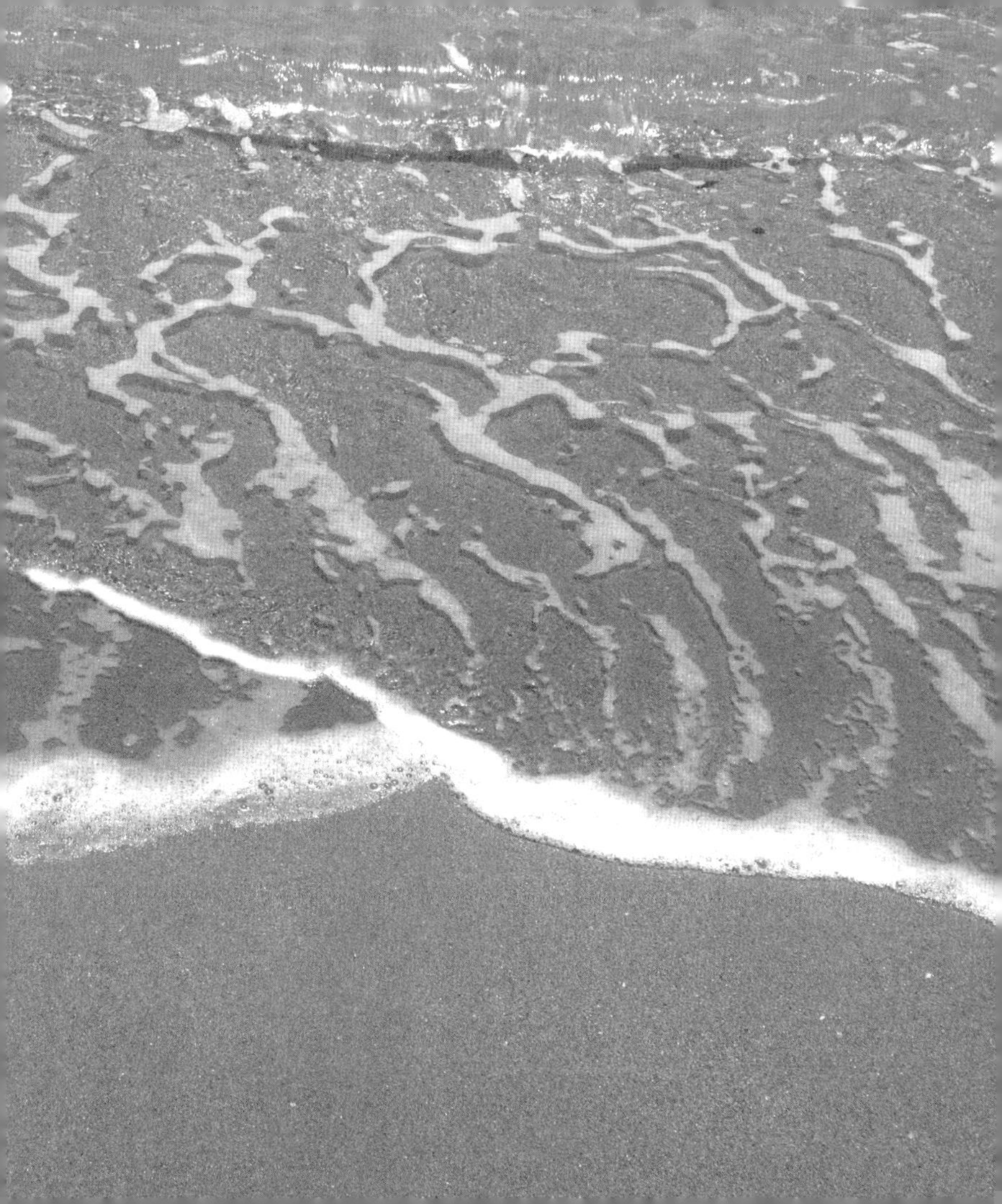

イダンの思い

〔い〕

いいかげん
いいことしないと
いくらなんでも
いつまでもこうやって
いられないからさ
いっしょう
いまのままでいいなんて
いっているわけじゃないんだよ
いいかい？

〔き〕

気になることがあれば
　はっきりと言えばいいのに
気にしてるのなら
　ちゃんとみとめればいいのに

きっと、でも

きまぐれに口に出せば
きまずい空気につつまれて
きおくれしてしまうんだな
君に

〔し〕

しみじみと
詩人になりきる午後
しばらく会っていない友達のことや
しかたなく別れた恋人のことや
しまいにゃ
柴犬のゆきのじょうのことまで
しのばれる

しまっておいた思い出のために
シナモンティーを一口

静かにすぎていった季節

〔ち〕

ちんぷんかんぷん
ちっともわからない
ちがうっていってても
ちっともわからない
ちょっとはこっちの身になってよ

ちなみに　それ本心？

【に】

にーって笑ってよ

にこにこしてる君もいいけど
にんまりしてる君もいいけど
にやにやしてるのは　ちょっといやだな

にんじんたべてる時の
につまった表情もいいけど
庭に出て　もっと素直に
にーって笑ってよ

〔ひ〕

ひどいよ
ひとりにするなんて
ひとりだけ
ひみつにされるなんて
ひがんじゃいないけどさ
ひまがなかったけどさ
ひんしゅくだよ
ひにんじょうだよ
ひん!

〔み〕

みたんでしょ？
みみが真っ赤だよ

ねぇ　みたんでしょ？
みたならみたってはっきりいえば
ねぇ　みたよね？
みとめちゃいな
みつかったならそれなりに考えるよ

みんなそうやってさりげなくみて
みみダンボにしてるんだから・・・

で、　みたんでしょ？

【り】

理由がないから
理解しにくいね
理路整然と説明しろと言われても
理屈じゃないからこまってしまうよ

理不尽だなんて言わないで

ウダンの思い

〔う〕

鬱蒼とした森で
うん、と
頷いた

うそでしょ？
恨んでいたんじゃなかったの？

嬉しいような
嬉しくないような

運を使い切ったと言われそうな出来事

〔く〕

暮れていく空を見ながら
狂おしいほどの美しさに
首ったけ

苦労とも思ったことはありませんが
悔しいと思ったことはないとは言えませんが

朽ちていく落ち葉のように
　やがて大地と一体になって

暮れていく空を受け止めたい

〔す〕

すれ違いの心
すべる会話
するめの味
済んだことは言わせない
筋違いな話
すべては嘘
少しだけ本音
すずらんの花が綺麗でした

【つ】

つまりはそうだったんです
つづきは明日になりそうです
ついでに寄り道もしたいんです
ついさっきのことなんです
つまずいてばかりです
つるんでばかりもいられないんです
つれないなぁと思います
つかれたから寝ます

〔ぬ〕

ぬぼーっとしてどうしたの？

ヌンチャク振り回してどうしたの？

ぬめりが美味しいってホントなの？

糠床は手入れが大変なの？

ぬらりひょんって何なの？

塗りたくってどうしたの？

盗んだらダメよ

〔ふ〕

ふと目が覚めました
布団の中は暖かく
冬の朝は冷たい

振り切って行かなくてはなりません
不満なんて言ってられません
不幸せだなんて思いません

ふとした瞬間のささやかな決心

〔む〕

むむむ　ちょっとわからないなぁ
むっ　腹立つなぁ

無視しちゃおうかなぁ
無理かなぁ
無表情でいこうかなぁ

向き合いながら考えてる

【ゆ】

有名になりたくて
裕福になりたくて
悠々自適の生活したくて
油断したなら
雄弁な人に飲み込まれ
悠長ではいられなくなり
夢から覚めた

〔る〕

るるるるーる　るるるる　るーるるー
るーるる　るるるる　るー
るるるる　るーるる　るーるる
るる　るーるる　るるるる　るー

エダンの思い

〔え〕

遠慮なんていいからさ
永遠に
縁が続いていくんだから
円満にいこうと思わなくても
円滑に進むはずさ

エンドロールに名前を並べよう

〔け〕

ケチ！
けんかにもならない
決してあやまりもしない
蹴っても
蹴っても
蹴り足りない
仮病を使ってもダメ
結果オーライなのはそっちだけ
煙になんかまかれるもんか
ケリをつけたい冬の日の午後

〔せ〕

ちょっと
ちょっと

せっかくですから
せいのでいきましょうか
背伸びしますが
急かしませんので
狭いですが
背もたれもありますので
せっせ
せっせといきましょう

【て】

てんでばらばら
てんてこまい
テンション高くて
手がやける
手違いはなかったけど
手当たり次第で　困った　困った

〔ね〕

眠いんです
とにかく　眠いんです
寝ても寝ても
眠いんです
どうしても　眠いんです
眠ってもいいですか
眠りますね
では　寝ます

#〔へ〕

へんなの
へんちくりん
へんてこ
へんなヤツ
返事はないし
編集しないし
変幻自在
変拍子
屁理屈だけは一人前
私は変人
　へへんのへん

〔め〕

めっぽう弱いんです
目立たなくても
目障りでもいいんです
目が合っただけで
メランコリー

〔れ〕

練習は嫌いです
連絡はしますし
連携プレーもありますが
練習はしません
連呼することもあるでしょう
それも　試練
あるかもしれん
　でも　練習は嫌いです
　　れっきとしたなまけ者です

オダンの思い

〔お〕

おっとっと　あぶねぇあぶねぇ
おや　ちょっとまてよ
おどおど　してるつもりはないが
おろおろ　することはあるが
音量をきめるのってむずかしい

【こ】

困りましたね　間に合わないようです

困ったな　何かいい案はないのかな

困るよ　急にそんなコト言われても

困るだろうな　大変なコトになってますよね

困らせちゃって　ごめんなさい

【そ】

そっと部屋を抜け出して
空の青さと太陽の暖かさを感じる

そうだ
掃除しよう
そろそろ
相談しよう

走馬灯のようにグルグルめぐる思いを
掃除機に話そう

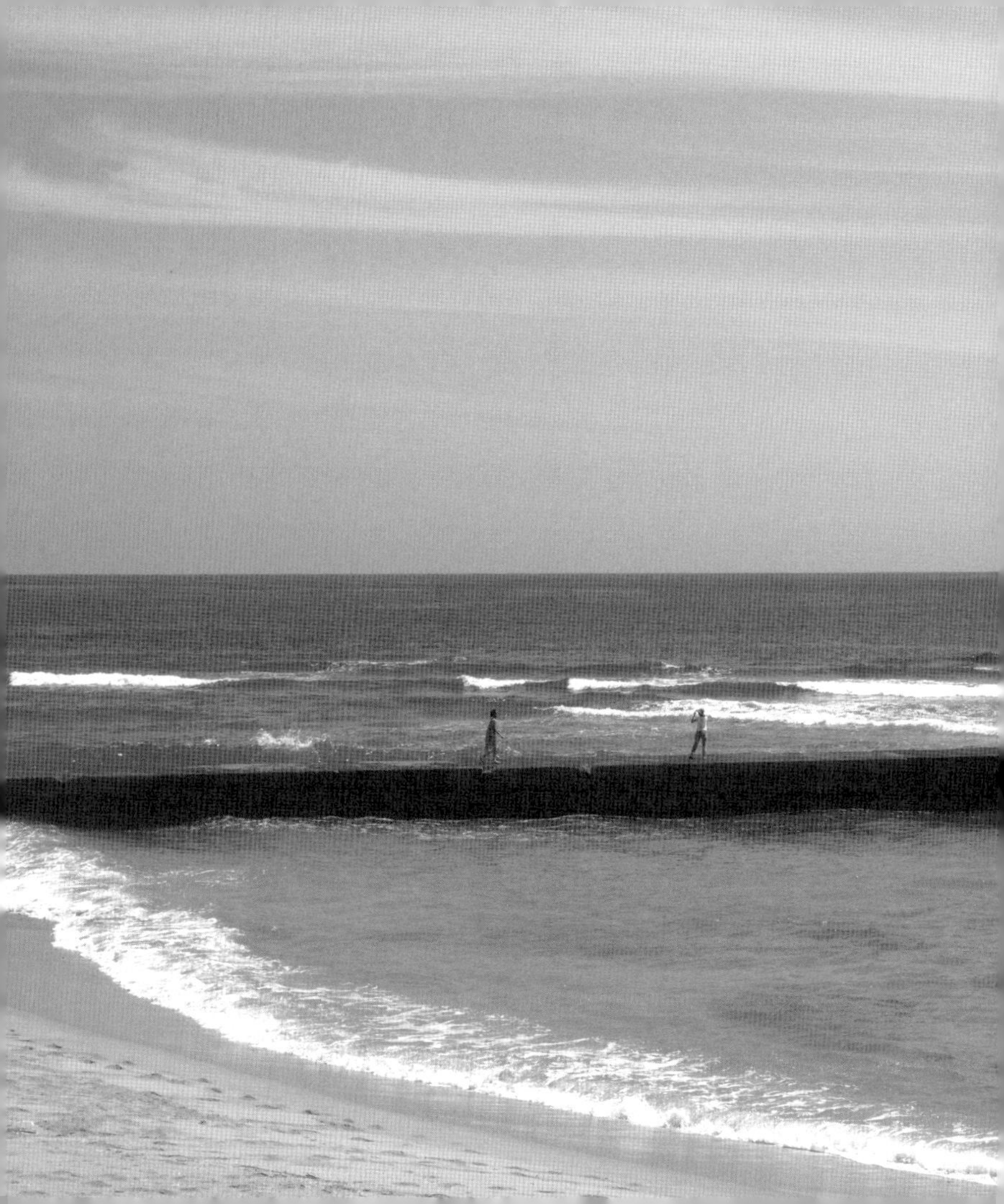

〔と〕

扉が閉まります
と　アナウンスが流れた
唐突に言われても
戸惑いは隠せない
とりあえず降りようか
とにかく乗ってみようか
土地勘がないままに
飛び込んでみる

〔の〕

のんびりいきましょうよ
のべつバタバタしていると
脳みそがパンクしちゃいますよ
飲むもの飲んで　食べるもの食べて
のらりくらり
のそっといきましょうよ

のろまだと思える位がちょうどいい

〔ほ〕

本当ですか？
本人に確認しましたか？
本気なんですか？
本心ならビックリしますね
本番どうするんでしょうね
本物だったんですね

【も】

もう　いいでしょう

もっともっと　と
妄想がふくらんで
もがき始めたトコでした

モーツァルト聴いてリラックスできず
モータウン聴いてときめきもせず

もう　どうしたらいいかわかりませんでした
もちろん　元気です

【よ】

よろしくお願いします
よかったら今度お食事でも
余談ですがラジオが好きです
酔っぱらいは苦手ですね
吉川さんにもよろしくお伝えください
喜んで伺います

【ろ】

老化現象だからと
論理をふりかざし
老人のように振る舞うアナタ
浪人生も少ないし
廊下はみんな歩いてる

労力使ってなんぼの世界

論外さ
ロンリーさ
ロマンスさえも生まれない

【を】

君をみつけた
笑顔をみつけた
仲間をみつけた
幸せをみつけた

幻をみつけた
孤独をみつけた
苦しみをみつけた
別れをみつけた

心をみつけた
真実をみつけた
風をみつけた
星をみつけた

〔ん〕

んだがら言ったっちゃ
んでどうなったのっしゃ
んだ
んで
んなごど言ってもしゃーねーっちゃ　だれ
ん
ん
んだなや
ん
んだがらごしゃがれても気にすんな
んでます

あとがき

「アダンの思い」はみなさまの思いです。
どこかに少しでも共感していただけたら
クスッと笑っていただけたら
もしかしたら

あなたの近くにある小さな幸せに気づくこと
ができるかもしれません。
いいえそんなことはない、というあなた。
あなたは正直な人です。
私も、こうやって文字になって　本になって
積み重ねた思いの大きさに　小ささに
緊張の糸がゆるむ思いがするのですから。

音声詩人　佐藤 円

仙台市生まれ。宮城県第二女子高等学校、日本大学芸術学部放送学科を卒業。１９９２年「赤ちゃんの歌」歌詞募集において厚生大臣賞、さらに日本大学優秀賞芸術文化部門受賞。現在までに４冊の本を出版。仙台市泉区のコミュニティＦＭ局ｆｍいずみ（７９・７ＭＨＺ）でのレギュラー番組「さとうの気持ち」はワンマンＤＪスタイルで担当。その他、ステージでの朗読・司会、ナレーション、写真詩、ことばの個展、アートレビューの執筆、昭和歌謡解説など、音と言葉の表現をマイペースで追求している。この「アダンの思い」は朗読ライブ「言葉のいろ　音のかたち」（２０１３~２０１５）で発表したもの。

web site「さとうの気持ち」
http://www.paw.hi-ho.ne.jp/sugar/
twitter　@sato_madoka

佐藤 円の本
「さとうのつめあわせ」（新風舎）
「おさんぽえむ」（河北新報出版センター）
「おさんぽえむ PART2」（河北新報出版センター）
「さとうのつめあわせ～カロリーオフ～」（東洋出版）

アダンの思《おも》い

２０１６年２月14日　初版第一刷

著　者　佐藤《さとう》 円《まどか》（詩と写真）

編集発行人　マツザキヨシユキ

デザイン　堀川さゆり

発　行　ポエムピース
東京都杉並区高円寺南４－26－５ＹＳビル３階
〒１６６－０００３

電　話　０３－５９１３－９１７２

ＦＡＸ　０３－５９１３－８０１１

印刷製本　株式会社上野印刷所

ISBN978-4-9907604-5-8 C0095